SISTEMA SOSPINTO

di

Mirna Rivalta

A te, nonostante l'onta
A te, che sei rimasto ferito

In me la sostanza dell'ultimo.
L'essenza di vite che si sono perse,
sotto le impalcature.
Un effetto domino eccellente
lascia resti impercettibili.
In me, una condensa.
Ciò che resta di esistenze,
smorzate, respinte, estinte.
Di un sistema sospinto.

Mi hai chiesto cosa sia a respingermi.
Mi hai chiesto se fosse l'amore per te.
Tu non mi ami. Mi vuoi, così non mi hai.
Se mi amassi, non ti mancherei.
Tu saresti me e io sarei in te.
Tu non mi ami. Mi vuoi, così non mi avrai.
Se mi amassi, non mi penseresti,
se non come un pensiero lieve e fugace,
con un sorriso. Come una gioia.
Se mi amassi, il tuo sguardo si poserebbe
su di me lieve e passerebbe oltre, libero.
Ho vissuto mille bisogni chiamandoli amore.
Ora mi sento lontana e vicina, allo stesso tempo.
Mi sento fuori e dentro, mi sento io e gli altri.
Non sempre, a volte.
Ma quel che pensavo mi logorasse, infine ha lucidato.
Guardo te e vedo la tua acutezza,
che non giova.
Si conficca. Nel tuo cuore.

Ho studiato il passaggio remoto
E non son venuta a capo di nulla.
Allora ho studiato il nulla
e non ne son venuta a capo.
Allora ho studiato il capo e mi son detta:
tanti passaggi, per nulla.
Mi siedo. Appoggio il volto sulla mano
che il gomito puntato sostiene.
Ad occhi semichiusi, m'incanto.
Quando non c'è nulla da fare, bisogna capirlo.
M'incanto, per minuti, giorni, mesi, secoli, millenni.
Il tempo, tutto, se n'è andato.
Mi lascia un'idea,
forse di eterno tormento
che sa di eterna pace.
Se mi desto, rovino tutto.
Anche se mi addormento.
Mi lascio lì, in pace nello spasimo.
Duri quel che duri, non lo dimenticherò.

Se non fosse che non c'erano quei due occhi a guardarmi,
quello sguardo mi avrebbe trovato.
Se non fosse che non c'era quella mano tra i miei capelli,
quella carezza mi avrebbe confortato.
Se non fosse che non c'era quella voce a sussurrarmi,
quelle parole mi avrebbero toccata.
Se non fosse che non c'era quella bocca sulla mia,
quel bacio mi avrebbe resa amata.
Dedicata all'assente, al silente, al mancante.
A chi strazia il cuore, a decine li dilania.
Tranne il mio.
Il mio lo riempie, di quieto amore, volente e nolente.
Su questa strada cammino.
Ho imparato a farlo lievemente.
Non voglio lasciare tracce pesanti.
Non sposto la tenda, che svolazza da sé.
Per come posso, lascio le cose come stanno.
Cammino. Non so dove andare, ma so come andarci.
La tua assenza, la mia maestra via.

Nel talento il tormento.
Ancor di più. Il talento nel tormento.
Cerco un gioco di parole, che punti dritto e convinca.
Ma mi vien da ridere.
Forse, è l'estro del capestro.
E del riso rimane una smorfia,
a incrinare quel che resta del mio bel viso.
Neanche questo mi convince.
Sarà che se "si è con" si vince e allora non c'è bisogno.
Allora rinuncio e la proteggo con l'ignorare,
questa parola perfetta, che dica di me,
che dica di te, che dica di tutti.
Che dica di tutto e il contrario di tutto.
Devo volare più alto, lo so.
Perdermi del tutto, almeno una volta,
perché non sarà lei a trovarmi.
Ma se la trovo, ecco! allora ci sarò.

Uno spaccato di vita. Una vita spaccata.
Uno spaccone dietro al bancone.
Un'ambizione piccola che cela delusione.
Una delusione che giunge da lontano.
Un adulto a suo tempo ha testimoniato male.
Un bambino è cresciuto è si è trovato dietro ad un bancone.
Sogna un trono da tronista.
Sogna male, sogna da deluso.
Quel bambino lontano sognava i cavalli.
Un adulto l'ha deriso e ignorato e si faceva chiamare papà.
Lui era il figlio, ambiva all'adulto, come a Dio.
Nulla è rimasto, solo il veleno, che riempie il baratro.
Mettiti a testa in giù, spaccone dietro al bancone.
Mettiti a testa in giù e svuota, a costo di morire per il sangue alla testa.
Tagliati la gola e lascia sgorgare. Lascia aperta la ferita.
Devi soffrire il veleno, fino all'ultima stilla.
In fondo ci sono i cavalli e i verdi prati. Sono immacolati.
Il vento aspetta che tu ti metta a favore e corra un cavallo nero. Lucido.
Mettiti a testa in giù e che lo spaccone muoia.
Muoia lo spaccone.
Moia per te.

Non ho quella forma delimitata, quella forma
sinuosa e morbida della donna.
Non ho quella ben ritagliata
nel contesto dei ruoli.
Non ho quella forma delimitata dell'orma sulla sabbia
che il cammino lascia.
Quella dura e angolata o arrotondata o stratificata
delle cose del mondo.
Non ho quella forma definita del contenitore in cui
l'acqua prende forma,
né quella del letto in cui scorre il fiume,
neppure quella del mare in cui giunge,
né quella della goccia che evapora,
neppure quella della nuvola che la lascia cadere,
come pioggia.
Non ho quella forma limitata,
necessaria all'esistenza.
Ne sento la mancanza, ma non si trattiene.

Mio caro padre, mi hai spezzato il cuore abbandonandomi.
Mio caro uomo nero, mi hai spezzato il cuore violandomi.
Mio caro amato, mi hai spezzato il cuore ignorandomi.
Mio caro primo amore, mi hai spezzato il cuore
dimenticandomi.
Mio caro fratello, mi hai spezzato il cuore giudicandomi.
Mio caro prossimo, mi hai spezzato il cuore maltrattandomi.
Mio caro dio, mi hai spezzato il cuore non rivelandoti.
Miei cari, grazie a voi e grazie al cuore mio, spezzato.
Tutto è uscito e tutto è entrato e nulla è andato perso.
Puro e limpido, risale alla sorgente.
Mi sembra di sentire, come se Dio fosse lì.

Sono stata altrove, non poco, non tanto.
Voci e sguardi che mai più si incontreranno, si sono
incrociati.
L'assente, non mi ha visto, non mi ha parlato.
Ha lasciato ovunque la sua assenza.
Io l'ho visto, gli ho sorriso, gli ho parlato. Come sempre.
Altrove, come qui, la sua assenza mi colma e mi calma.
Un uomo, dallo sguardo che giunge da lontano,
mi ha preso le mani tra le sue.
Le ha baciate, delicatamente.
Tutta la profondità della sua vita in quel gesto,
che dice grazie e prego.
Prego per te, piccola donna, che vivi di assenze
e vi trovi la bellezza.
Love Is in the air.
Passa, dona e va.

Non c'ero non c'ero non c'ero. Non ci sono. Non ci sono.
Non ci sono. Non ci sarò non ci sarò non ci sarò.
Ho spogliato tutto di tutto. Non ho trovato niente.
Dopo aver tolto tutto, non ho trovato niente.
Zoppico da una gamba. Alternativamente, zoppico dall'altra.
La volontà mi ha fatto dire, dire mi ha fatto sentire, sentire
mi ha fatto vedere. La cecità mi ha reso sorda, la sordità mi
ha reso muta. Un equivoco sacrificato non fa primavera.
Lo sembra, ogni volta.
Non coltivo, non allevo, non raccolgo.
Quel che ho coltivato si è interrato. Giù, nel profondo.
Dall'altra parte del mondo, è spuntato.
Qualcuno ha raccolto.
Resto lì, a guardare nella crepa impercettibile.
Guardo nel buio, fino all'altro capo del mondo.
Qualcuno lì, vede. <<È spuntato>> dice tra sé
<<è così bello, grazie a Dio...>>
Se fossi musicista suonerei Il Lamento di Portnoy.
Giù, lungo il buio, dall'altra parte del mondo, quel musicista
suonerebbe la melodia Domani nella battaglia pensa a me.

Ho percorso strade puntellate di sguardi umilianti.

Il mio incedere a testa china rivelava il pentimento.

Ho vissuto in luoghi abbandonati, abbandonata in quei luoghi.

Vi sono rimasta e il mio pianto ha vestito d'erba la terra.

Ho alzato la testa, ma più di così non riesco.

Rimane reclinata da una parte, verso la spalla.

Ho alzato gli occhi e sono stata a guardare il buco azzurro del cielo nel buco nero dell'universo.

E il tempo si è incantato.

Ho ripreso a camminare. Il mio passo è lento.

Il mio cuore batte il ritmo dei cerchi nell'acqua.

I miei occhi guardano sin dove possono, perché è quel che sanno fare.

Senza scrutare, volgo lo sguardo all'orizzonte, priva di sconforto, perché lontano nel passato è la mia ora culminante.

Le mie vesti sono logore.

Forse è tardi, ma l'ora è quella in cui le energie defluiscono.

Non vi è dubbio alcuno che non si trattengano.

E anche al più povero, il sole al tramonto indora le vesti.

Come tutto il resto, ho perso anche la voce.
Stamattina, davanti allo specchio, ho provato a dire: ciao.
La breve parola non ha trovato modo di uscire.
Da molto tempo ho perso il senno, per questo mi chiedo
solo ora da quanto non abbia più la voce.
Può essere solo da oggi? Non so.
Aiuto. La breve parola che tante volte si è strozzata in gola
insieme alle altre, strozzandosi in gola deve aver consumato
le corde vocali. Al loro posto, due buchini, sul baratro.
Provo ad aprire la bocca, la spalanco, la distorco in mille
smorfie, in sorrisi enormi. Faccio ginnastica in tutta la zona,
cerco di smuovere.
Ancora penso che la ritroverò, che tornerà.
Silenziosamente, dico ciao.
Non me la sento di tentare di nuovo.
Spio dai due forellini, in cerca delle parole giuste, delle
giuste parole. Ma sono finite dall'altra parte del mondo.
Ne sento l'eco, le sento pronunciare da un vecchio
mendicante thailandese.
Sdentato, le pronuncia gentilmente, sorridendo.

Quasi ogni cosa di me è così vecchio
da non poter essere consolato.
Eppure, un guizzo giovane,
come una manina paffuta senza grinze,
si lascia cadere sul mio viso.
Non una carezza, piuttosto una leggera stoccata,
che distoglie il mio sguardo incantato
sul punto ultimo dell'orizzonte,
per farlo cadere sui miei piedi.
Nudi, appaiono piedi che non possono reggere.
Piccoli, lisci, senza calli né durezze,
ignari del mondo.
Eppure, hanno fatto il giro del mondo.
Giro, dopo giro, dopo giro.
In tondo, in lungo, in largo.
E ora sono lì, appoggiati su un muretto,
davanti al mio sguardo che li guarda,
come fosse la prima volta.
E mi consolo.

La vostra assenza,
uomini che vi amo, influenza la mia esistenza.
Nella mancanza di risposte,
un acuto corrisponde il mio amore.
Il vostro silenzio, uomini che vi amo,
la via maestra.
A voi dono il mio volto.
E i suoi risvolti.

Oggi mi sono sentita come se vivessi ancora nell'altra casa.
Nell'altra vita.
Il tepore, la luce, il paesaggio. Gli stessi di allora.
Come ogni giorno, ma oggi di più.
Che bello, fra un po' è ora di cena, avrei pensato.
Sarei andata verso la vecchia casa, se non mi fossi destata.
Un attimo passato, velocemente vivo.
Mi avrebbe disorientato, se non fossi stata presente.
Ho guardato a ovest.
Sebbene oggi il sole non si veda, è l'ora del tramonto.
Lo scenario è mutato.
Non mi volto indietro.
Abbandono ogni abbandono.
Anche qui, fra un po' è ora di cena.

Immagino Dio come un immenso occhio.
Invisibile, nero su nero,
bassorilievo sull'intero universo.
Solo a intervalli infinitamente lunghi,
solleva la palpebra,
in uno sguardo brillante e diffuso.
Se lo cogli, ti coglie.

Entro nel corridoio che porta alla sala dell'accoglienza.
È una veranda chiusa.
Dalle finestre entrano lame di sole,
ma regna la frescura della penombra.
Fuori, le foglie appena mosse dal vento vibrano come
fossero note silenziose.
Il mare sottostante, si sente.
Lo immagino, blu come il cielo.
Il mio incedere è lento.
Varco le fasce di polvere illuminata come fossero veli.
Lungo il corridoio che porta alla sala dell'accoglienza,
mi preannuncio.
Mi preannuncio.
Non c'è eco che mi conduca.

I girasoli hanno lasciato cadere le gialle corolle.
Ognuno, più che un sole, appare ora come una luna.
Meglio, un'eclissi.
Gli sguardi della gente mi hanno mortificata, resa morta.
Ma era una mortificazione passeggera.
Anche la morte era apparente.
Si possono incontrare altri occhi, in cui scorgere la propria
bellezza.
Come lo sguardo nascosto tra la luna e il sole, durante
un'eclissi.

È solo il tempo, che scorre.
E confonde le idee, camuffa le cose.
Le porta, le sposta e le riporta.
Come una coltre pesante e passeggera,
copre le mille realtà e ne abbandona una.
Lì, proprio davanti ai tuoi occhi.

Dopo la pioggia estiva,
il tempo stagna.
Non che non evapori,
non che non si infiltri,
non che non nutra,
non che non eroda,
non che non passi.
Solo, non scorre.
Se fossi foglia,
ne gioverei.

Neve, tanta.
Il clima inclemente, detta il tempo.
Ma viene ignorato. Ancor peggio, odiato.
Vedo corpi e pensieri e bisogni e tumulti di cuore
e inganni e paure e inquietudini, muoversi.
Accanirsi, sordi al consiglio.
Dal tempo dilatato in cui galleggio,
mi affliggo per tanta fame e bramosia.
Vorrei far qualcosa, ma vengo deriso.
Complesso complicato, non si ferma davanti a nulla.
Semplice essenza viene respinta.
Non so che fare. Resto triste, in me.
Prego che il sole tardi a venire,
così che gli animi si plachino, sotto la neve.

Raggomitolata sul letto, attendo l'abbraccio dell'universo.
Il tuo petto sulla mia schiena.
Le tue braccia raccolgono le mie.
La tua guancia nell'incavo del mio collo.
Sdraiati, sembriamo seduti, una sull'altro. Aderenti.
Mi adagio come crema in un cucchiaio,
come abbandonata su un'amaca.
Raggomitolata dentro di te, attendo di svanire.
Risucchiata dal tuo cuore.

Riempio il tempo, perché sono lento.
Ma, anche così, il ritmo non è a tempo.
Qualunque cosa sia, giungerà.
Non vi sono modi per vivere.
Ve ne sono per morire.
Spero che la morte mi colga stanco.
La vera stanchezza dona corpi arresi e pose languide.
Il tempo va dove va.
A noi, ci piazza davanti alla sorpresa.
Sempre, comunque vada.
Per quanto si riempia o si svuoti,
non vi è modo di abbandonare l'attesa.

Il rosa, quello che solo raramente appare all'alba, sulle case imbiancate.

Quel rosa, che non è anche celeste, che non è anche viola, né porpora.

Quel rosa di maestosa finezza, che passando velocemente dice: eccomi!

Quel rosa, che non è femminile, non è del vestito di bambola né del rossetto di bimba.

Quel rosa, quel rosa è maschile, è il cavalier errante, il marinaio straniero.

Folgorante, come una promessa mancata.

Quel color dorato, scarico dello splendore diurno, come liquido oleoso colato su superfici crepate, penetra.

Fino al fondo di ogni cosa.

Quel colore dorato che, non di rado, negli ultimi momenti rende oro gli argenti.

Come uno sguardo inclinato, quasi supino, toglie vigore e dona bellezza.

Quel colore dorato che non è maschile, è femminile.

Come fosse un dolce caldo, come una promessa mantenuta in eterno.

Si può tessere una tela, giorno dopo giorno, nell'attesa.
Si possono osservare le stelle, per intuire gli arcani.
Si possono leggere storie, per conoscere gli animi
dell'uomo.
Si possono percorrere strade, per scoprire mondi.
Si possono scrutare orizzonti, per scorgere oltre.
Si può volere, per poter dire di amare.
Si può amare, per poter dire di vivere.
Si può muoversi, per reagire.
Si può sostare, per agire.
Si può tacere, per ascoltare.
Si può vivere, per morire.

Ho lacrime da versare,
per quei bambini feriti a morte,
cresciuti come uomini feriti a morte,
quand'erano bambini.
Che non sanno come vivere
e neppure come morire.
Che desiderano il male altrui perché sperano
che un mal comune sia mezzo gaudio.
Che vogliono la morte altrui,
perché al loro posto non sanno come vivere.
Ho lacrime da versare,
per gli uomini persi e costretti.
Che si negano e rinnegano.
Ho lacrime da versare,
che la pietà mi ha donato
mentre passavo di lì.
In quelle acque comuni, che scorrono.

Le chiome degli alberi sono ebbre di vento.
Che le fa danzare e cantare.
Nulla è volgare, è uno stordimento al punto giusto.
Nulla è scomposto, è un'ebbrezza priva di artefici.
I campi cambiano colore in ogni istante.
È la danza della rivelazione.
Le alte canne ondeggiano e si flettono.
Così, l'orizzonte appare.
Oltre l'ultima collina, se ne vedono altre.
Così lontane, sono tinte di viola.
Il mio sguardo giunge fin là e si volta indietro.
A guardare. Nel paesaggio, scorge anche me.
Non pensavo, anch'io danzo.
Anch'io danzo.

Lo sguardo vacuo nei miei occhi non è stoltezza.
Solo, è quel che resta di me.
L'espressione dura sul mio volto non è cattiveria.
Solo, è quel che resta di me.
Se udite da me poche parole, sempre quelle,
non è mancanza d'argomenti.
Solo, è quel che resta di me.
Se mi trovate disattento,
non è mancanza d'attenzione.
Solo, è quel che resta di me.
Se vi appaio insensibile a ciò che vi turba, non è cinismo.
Solo, è quel che resta di me.
Se il mio agire si mostra limitato, non è egoismo.
Solo, è quel che resta di me.
Se credete sia diverso da come dovrei, non è per vendetta.
Solo, è quel che resta di me.
La mia mente si è involata, a un tratto.
Io, per la paura, sono scappato.
Fu così che un giorno dell'infanzia me ne andai.
Lasciando lì ciò che mi sosteneva.
Siate buoni, vi prego, voi che esistete,
con quel che resta di me.

Per non fermarsi passando.
Passando, si stende un sorriso su ogni cosa.
Come quello disteso sul viso del cadavere.

Un colpo di vento
ha scosso la sua gonna leggera.
Una mano fra i capelli,
l'altra a riportar gli orli sulle ginocchia.
Un uomo le ha sorriso, passando oltre.
Goccia di pioggia,
son caduta dal cielo. Tra loro.
Perché non posso viver qui, per sempre?

Mi sono svegliato ora. O un'ora fa? –
Oggi ho cento cose da fare, menomale – Ahi, che spavento!
è il legno che scricchiola – Mi stiro nel letto, mi lavo in
bagno, mi colaziono in cucina – Buon giorno, amore mio -
Oggi non ho nulla da fare, menomale – Sento un fastidio... -
Ieri c'era il sole. troppo caldo - Oggi piove. che grigiore –
Cento cose oggi mi aspettano - La porta è ben chiusa –
Ahi, che spavento! un passero si è alzato in volo –
Un intera giornata aspetta me - Mi aggrappo alla portiera
dell'auto, mi era parso di volar via – Al mare farà bello. vado
al mare - Menomale che ci sei tu, amore mio – Sono le 10, è
mezzogiorno, sono le tre – Ho pranzato alle 13. chi sa se
avevo fame? – Metà delle cose che avevo da fare le ho
fatte. Chi sa come, chi sa perché? – Ahi, che spavento! una
persona mi ha urtato – Sono arrossito, di nascosto. una
persona mi ha guardato – Penso. penso che non è
senz'altro per quello, ma anche che è anche per quello –
Non conosco ragione al mondo per fare, ma neppure una
per non fare – Devo riprendere a correre un po'...scaricare,
caricare, scaricare... – Oggi ho parlato più volte. chi sa cosa
ho etto? - Oggi ho fatto 100 cose – Sulla panchina stavo
seduto in silenzio di fronte al mare. chi sa cosa ho taciuto? –
Salgo in macchina, di nuovo - Tiro un sospiro, ma per lo più
non respiro – Sento un fastidio... - Ahi, che spavento. c'è
una busta verde tra la mia posta – Mi lavo in bagno, mi ceno
in cucina, mi siedo in poltrona – Menomale che ci sei tu,
amore mio - Guardo un po' di tv, così non penso – Squilla il
telefono. hai, che spavento! - Non c'è alcun film da vedere,
vado a dormire – Spegni tu, amore mio – Sogno - Sogno un
uomo. Ha un fiore duro appuntato sul petto, che lo fa vivere
e lo fa morire – Ahi, che spavento. è la sveglia che mi
sveglia - Menomale che ci sei tu amore mio – Oggi ho 100
cose da fare.

Sono una donna meravigliosa, nel senso che sono un mondo di meraviglie, dal sesto senso in su.

Un tempo tutti gli uomini che incontravo se ne accorgevano. Non sapevano cosa, non sapevano come, ma sapevano. Ora questo mondo meraviglioso torna a galla, dal profondo abisso, dopo esser rimasto in disparte, umiliato. Sconosciuto, tutto il tempo necessario.

Il tempo del vivere le tragedie e le conseguenze, di combattere le battaglie e risolvere i conflitti, il tempo in cui sono andata persa e quello del ritrovamento, quello del rinnegamento e dell'irriconoscenza, della colpa e del perdono, dell'illusione e delusione e desolazione, della grazie e della stonatura, della bassezza e della miseria, della paura e della codardia, del veleno e della carneficina e del martirio, quello dell'abisso e del deserto e dell'oppressione e repressione e reprensione e comprensione.

Quello in cui tutti gli abbandoni si sono realizzati e le sottrazioni avvenute e la spogliazione e la scarnificazione hanno mostrato il sangue e i nervi tesi e quello in cui la resa è giunta, nel tempo della prostrazione, dell'infinita e salvifica solitudine. Nell'affido.

Tutto il tempo della trasformazione della materia.

Ora, il mondo di meraviglie di cui il mio nome è portatore, riaffiora. Le mie rughe profonde lo lasciano trapelare. Cammino come quando a sette anni ballavo. Mi muovo come quando a diciotto andavo incontro agli innamorati. Muovo lo sguardo, delicatamente. Senza più pungere. Avvolgo. Le mie braccia esili mi ricordano chi sono e di cosa sono fatta. Una suggestione fatta persona. Il mio passo lento, silenzioso, mi conduce. Superbe solo in apparenza, queste parole mi liberano dall'anticipazione e dalla sottrazione, dalla presunzione della modestia.

Un giorno entrò nello stesso luogo in cui ero io.
Passammo molto tempo negli stessi luoghi in quei pochi
anni. Anni giovani, di lavoro, di scoperte, di costruzioni, di
passioni, di presenze, di assenze e asserzioni e disfunzioni
e avvicinamenti e allontanamenti. Sottrazioni e attrazioni.
Attrazione e sottrazione. Poi, le esistenze da esistere, a
tratti resistere, a volte da vivere. Per anni non ho più saputo
nulla di lui, se non qualcosa di vago, di riportato.
Non importa se non abbiamo percorso le stesse strade, se
non abbiamo fatto gli stessi viaggi, condiviso le stesse
stanze, parlato la stessa lingua, visto gli stessi film,
ascoltato la stessa musica, gustato gli stessi cibi, avuto le
stesse cose, se non ci siamo amati reciprocamente, se non
abbiamo spento la stessa luce né guardato lo stesso
tramonto. Mai ho smesso di vederlo, di sentirlo, dentro di
me. Non ne sentivo neppure la mancanza tanto era
presente. Neppure oggi la sento, ma un'urgenza mi spinge
e anche mi tira. Forse mi attira.
La mia, spinge, la sua, attira. Lui non lo sa, eppure lo sa.
Mai ho parlato di lui, solo ora non riesco ad evitare di farlo.
Come fossero ultimi giorni, come se il tempo stesse
incalzando, devo parlarne. Parlare può realizzare.
Non lo faccio con nessuno in particolare, ma ne scrivo,
continuamente. Nessuno in particolare, alcuni in generale,
molti di più di quanti avrei mai pensato di raggiungere.
Ne parlo come se fossero i giorni del giudizio, in cui quel
che deve essere dev'essere perché così deve essere.
Non abito più in alcun luogo, lui lo sa e vedo quando mi
raggiungerà per una via secondaria che per lui è via
maestra e mi prenderà per mano e mi porterà nei luoghi in
cui è lui. Su un aereo fino all'altro capo del mondo e poi su
un aereo sino a questo capo del mondo.
"Potevo attraversare litri e litri di corallo per raggiungere un
porto che si chiamasse arrivederci", avrebbe detto De Andrè

al suo amico fragile, "Ma ancora proteggi la grazia del mio cuore, adesso e per quando tornerà il tempo, il tempo per partire, il tempo di restare, il tempo di lasciare, il tempo di abbracciare" direbbe Capossela e "Ti salverò da ogni malinconia, perché sei un essere speciale e io avrò cura di te. io sì, che avrò cura di te", sussurrerebbe Battiato.

Lui non dirà nulla, perché sarà finito il tempo delle parole, anche quello di quelle mai dette.

Prenderà il mio volto fra le sue mani e poserà le sue labbra sulle mia, in quel bacio mai dato.

Un bacio che sarebbe stato di passione e che invece sarà lieve. Un bacio d'amore.

Ciò che mi ha sottratta alla sensualità
è l'incedere insicuro.
Ciò che mi ha sottratta al pomeriggio
è una mattina violenta.
Ciò che mi ha sottratta allo splendore
è il grigio opaco della paura.
Ciò che mi ha sottratta all'amore eterno
è la voce sorda della colpa altrui.
Ciò che mi ha sottratta alla volta stellata
è una notte tempestosa.
Ciò che mi ha sottratta all'altrui rispetto
è l'abbandono.
Ciò che mi ha sottratta alla simpatia
è lo sguardo amaro sulle cose.
Ciò che mi ha sottratta a te
è un colmo di pieni e un abisso di vuoti.
Ciò che mi ha sottratta alla morte
è l'aver benedetto il mio pianto.
Perché Dio non mi chiede perdono?

Le piante dei piedi sono tutte tagliate.
Ferite profonde mi impedirebbero di camminare,
se non fosse che cammino ugualmente.
Non trovo l'estrema fine delle forze.
Per la stanchezza, ho creduto di morire.
Per la gioia, ho creduto di vivere.
Ho amato l'uomo potente e quello mite.
Tra loro, gli altri.
Ho raccolto i frammenti sparsi alla nascita.
Ma non basta.
Schegge perdute lasciano vuoti.
Il disegno mi pare bello, ma non regge.
Il mio volto stanco si è fatto dolce,
come quello di una vecchia madre,
il primo giorno di maternità.
Ha seguito l'onda della mia voce,
che mai ha tradito e sempre ha tradotto.
Un ricordo.
Nel deserto ho scaricato i pesi.
Quello delle carni, per primo.
La pelle grinzosa cade male sulle ossa.
Qui, nel deserto.
Chiudo gli occhi un istante.
Nemmeno un riposo, una sorta di abbandono.
Una forza debole mi socchiude gli occhi.
Un miraggio di acqua mi chiama sommessamente.
Non sono riuscita a vivere, ma neppure a morire.

È l'ora in cui il sole, spostatosi,
non illumina, contrasta.
Guardo contro luce.
Le cose cambiano aspetto.
Svelano inghippi,
rivelano passaggi secondari, segreti.
Datemi qualcosa!
chiedo alle nuvole e alle cose.
Ma l'eco si dissolve e capisco.
Non mi sarà dato nulla
prima che mi sia dato tutto.

Ambisco all'ascensione, per questo mi sono messo in piedi.
Ma la gravità mi annienta.
Rimanere verticale è una gran fatica.
Con la bassa pressione, la stanchezza si fa triste.
Vorrei tornare a strisciare, o almeno trotterellare su quattro zampe.
Ma le mie mani sono delicate e le mie ossa mi vogliono dritto.
La testa mi pesa sul corpo.
È come se tutte le sciocchezze dell'universo si fossero appollaiate lì.
Non sono leggiadro come un fiore,
non ho radici sprofondate nel terreno,
non sono flessibile come bambù.
Non sono la vetta di una montagna.
Smilzo, vago per il mondo, maldestramente.
Testa pesante, su corpo eretto.

Non sono in pace.
Se non tutto, quasi tutto mi appare fuori posto.
Ma forse, solo io lo sono.
I gesti altrui mi sembrano fuori ritmo.
Ma forse, solo i miei non lo seguono.
Le menti mi sembrano ottenebrate.
Ma forse, solo la mia lo è.
Sento i cuori battere come pietra su pietra.
Ma forse, solo il mio è duro.
Vedo gli sguardi arretrati, o vacui, o rivolti a terra o verso il cielo.
Ma forse, solo il mio vaga sperduto.
Sento verità e intuizioni rimbalzare e frantumarsi.
Ma forse, solo io non le colgo.
Parole su parole, inutili, smemorate, svuotate, riempiono gli spazi.
Ma forse, solo io non so cosa dire.
Forse, solo io non so dire.
Chiedo aiuto, ma mi trovo lontano.
Come se avessi perso l'ultimo dei giorni.

Nel retro di un vecchio negozio da barbiere.
Pasta al sugo nel piatto. Fredda.
Una tenda a fiori scuri.
Da una parte la cucina, dall'altra i letti.
Il tic tac di una sveglia rimbomba.
Senza motivo, non vi sono montagne alle pareti.
La spina col filo tagliato che lei tiene tra le mani,
come un microfono, è di un ferro da stiro. Rotto.
E una bambina canta, una canzone del festival.
Muove le labbra, interpreta. Non emette suoni.
Le hanno detto che è stonata.

Ovunque vada vi è un vicolo, un cortile, un angolo,
un terrazzino, che mi ispira a viver lì.
Un luogo in cui vorrei tornare ogni giorno.
In cui la tenda svolazzante alla finestra culla il mio
dormiveglia nel chiaroscuro.
In cui quella particolare combinazione di porta, colori,
ringhiera e angolo di cielo, diviene casa mia. All'istante.
Ovunque vi è un luogo in cui posso esser dentro.
E un altro in cui posso esser sopra. Sopra, a osservare, col
vento fra i capelli.
Ovunque, prima o poi, passa il vento e se ne va.
Forse dimentica, oppure no.

Questa terra è un'isoletta.
Alcatraz, per noi.
Vi sono gallerie sommerse
e arcate in cielo.
Su questa superficie a mezza via,
restiamo in circolo.
Se non possiamo volare
è solo perché dobbiamo ascendere.

All'alba, le illusioni divampano.
Ma il giorno non manca mai di arrivare.
Sferza i suoi colpi. Sempre.
Anche quando non ti sembra.
Poi la notte, sempre inghiotte tutto.
Anche quando non ti sembra.
Tra loro, l'imbrunire. È un momento sincero.
Non lascia speranze.
Invita l'oblio, il languore, la nostalgia, la dolcezza.
Ti ricorda cosa sei, dove stai andando.
Sempre. Anche quando non ti sembra.
Essere morto, sempre, è la condizione che mi appare più di
buon senso.
Seguita dall'essere vivo, sempre.
Invece, tutto quel nascere e quel morire.
Per vivere appieno, dovrei credermi immortale.
Per un futuro infinito, ci vuole un presente vivo e vegeto.
Vorrei essere più vecchio di quel che sono.
Sedere fuori, sotto il pergolato a mangiare olive nere, a
guardare il mare.
Vorrei essere più vecchio di quel che sono,
un'età in cui l'alba e il giorno si dileguano.
E rimane solo un tramonto, largo, avvolgente.
In cui l'attesa di una vita può essere splendente e degna
e svettare contro il cielo dell'imbrunire.
Come fosse una dea.

Guardo una gazza finire il suo volo e planare.
Colgo rivelazioni.
Si è posata sul campo arato.
Laggiù, nel panorama, è svanita alla vista.
Invisibile, è lì.
Più vero del vero.

Inerte e tremulo, l'universo muove verso l'eterno finire.
Su pentole vecchie, la mente sbatacchia mestoli di ferro.
È un gran baccano, quel che fa.
Ma l'universo non sente. Solo io.
Vorrei essere fuori. Invece sono dentro.
Nel centro del centro del rintocco fragoroso.
Urlo, gemo, mi oppongo, parlo, straparlo, penso, strapenso.
Ma la mente non mi sente. Forse, neppure sa che sono lì.
Chi mai potrebbe accorgersene?
Il rintocco, in un istante mi dissolve.
Nel lento incedere dell'universo.

Come può questo paesaggio essere così bello?
Nuvole, campi, luci, tetti, alberi, vigne, colori, contrasti.
Geometrie.
Tutto perfetto. Come può accadere?
È la lontananza, mi dico. Lo so.
Ma anche la meraviglia del mondo. Lo so.
Sono decenni che credo di vivere di piccole cose.
Questo è ciò che conta. Lo so.
Forse poi, nel regno dei cieli, mi dico, ma non ora.
Qui, nessun premio. Lo so.
Potrei scendere a valle.
Camminando, raccogliere le foglie cadute,
soppesare le zolle, seguire le nuvole,
contare le tegole, seguire il volo di uccelli,
scovare leprotti, contare le pere, le mele, le pesche...
Oltrepassare le colline, fino all'ultima.
E lasciar che il vento mi disperda.

È finito l'autunno.
Cammino nella nebbia.
È spessa, non si vede a un passo.
Anche se si nasconde, conosco la strada.
Da tanto non ci torno.
Piano piano, qualcosa si avvicina. Lo sento.
Attraverso la nebbia, giunge fino a me.
È il profumo del nespolo giapponese. Sublime.
All'istante, l'alba di Cap Ferràt è giunta fin qui.
Proprio non me l'aspettavo.
E intorno, quel che c'è e quel che non c'è.

Ero convinto d'esser felice.
L'unica cosa che avevo, mi bastava.
L'unica cosa che ho, mi basta.
Mi sento felice. Ma non dura.
In un batter di ciglia, posso tornar a sentirmi solo.
Tutto quel che ho, non basta. E lo perdo.
Ora mi manca, ma è tardi.
Non bastano mille vite per capire,
ma ne basta una per giocare all'infinito.
Vorrei dimenticar ciò che ho visto,
ma la luce è divampata.

Tanta fu la nostalgia per la lentezza,
che sono approdato al regno dell'immensa stanchezza.
Esausto, mi sdraio sulla nuvola posta apposta per me.
Scorgo un'ape piantata nel centro del mio petto.
Privo di forze, non posso scansarla.
Rimarrà lì, chissà per quanti secoli a venire.
Sotto, bradipi, lumache, tartarughe,
sembrano muoversi veloci, come ghepardi e gazzelle.
Un milione di anni il mio sguardo impiega per giungere a
loro.
Attorno a me, nulla.
Tutto è lontano, tanto è il tempo che serve alle cose per
andare e venire.
L'immensa stanchezza è regina dell'universo.
Continua a far brillare il sole, che fa brillare la luna.
Con la mano delicata dell'immensa lentezza.

Ogni cosa mi appare vera.
E, subito, vero il suo contrario.
Non posso più tener distinti gli opposti.
Non si attraggono, non si respingono.
Solo, si svelano.
Ogni cosa, cade e decade.
La rivelazione, toglie.
Anche la terra sotto i piedi.

Se ora morissi, il mondo fluirebbe in un rivolo.
Si dissolverebbe, come bolla di sapone.
Non ho speranza che rimanga lì, dov'è.
Qui, dove sono.
Se il pensiero mi abbandona,
in quell'istante tutto va perso.
Come faccio a pensare di non saperlo?
Una bolla, con me dentro.
O con te, che importa?
La mente vuole che sia fatta la sua volontà.
Non gioca a bilie con bolle di sapone.
Ma è bolla di sapone.
Se mi alzo, sforo. Lo so.
Per questo, sto ancora un po' qui.
Rannicchiato e immobile.
Come faccio a non sapere di essere solo?

Una parola diversa.
Una nota in anticipo.
Un gesto inatteso.
Un'armonia prolungata.
Cambia il senso.
Senza volere, utilizzo il ritmo.
Non per scandire il tempo,
ma per trovare il senso.

Se fossi cima di montagna, sarei sempre lì.
Incantata, sotto il cielo.
Le stagioni passerebbero, ma fugaci su di me.
La forza di tutta la montagna, mi terrebbe salda.
Per secoli e millenni, squarci di sole mi farebbero svettare.
Diventerei greto di fiume, senza dolore.
Crepe e spaccature, solo tra mille anni potrebbero
spaccarmi.
Guarderei il mondo con occhi di aquila.
Fievoli e lontani, echi di sofferenza.
A quelle altitudini, si predilige la musica degli angeli.

Colui che risulta incantevole, è incantabile.
Sublime è l'incanto!
L'uomo scaltro di trucchi non conosce magie.
Incanta coloro di cui si circonda,
da ovunque si trovi.
Come un dolce sorbetto alla fragola,
un mondo di gente incantevole
si attarda sotto il sole.

Mi son seduto sui bordi della fontana.
Senza i suoi giochi d'acqua, sembra una tomba.
La vita è passata di qua. E ha tolto.
Case già brutte, sottraggono l'orizzonte.
Anche laggiù, la vita è passata.
Giovani sguardi anneriti, non si posano.
La vita gli scorre davanti. Loro lo sanno.
Fatti e disfatti, giovani uomini si muovono.
Sgraziati di una grazia e aggraziati da un'altra.
La vita scorre nelle loro vene. È tardi. Lo sanno.
Vorrei chiudere gli occhi - magari sentirei profumi.
Ma non ce la faccio.
Strisce di formiche laboriose, trasportano scorte in
abbondanza.
La vita è passata su di loro, e ha dato.
Gli occhi mi fanno un po' male e mi brucia la gola.
Forse ora è ora che vada.
Lascio qui quel che resta.

Mani ossute, senza anelli.
Faccia rugosa e sguardo umido.
Piedi scalzi, privi di calli.
Stomaco lungo, a forma di dattero.
Attorno quel che ho e quel che non ho.
Sono giunta nel deserto.
Un tappeto su cui stendermi.
Un cuore tenero con cui vivere.

Così va il mondo. Che ci posso fare?
Non si può sapere. Che ne sapevo?
Così è la vita. Se non io, qualcun altro.
Non si può pensare a tutto. Chi lo sa?
Ma, allora non si finisce mai...
L'azione, l'inazione, il dire, il tacere.
Responsabile, ma non di ogni cosa.
Non responsabile, ma non di tutto.
Me, misero. Vorrei vivere alla grande.
Ma posso vivere solo un po' per volta,
fino a un certo punto.
A un certo punto, è l'indulgenza che regna sovrana.
Conforta le anime morte. Me, misero.
Finirò col credere di essere ciò che sono,
solo perché lo sono.
Perché le cose sono andate così. E non si può sapere.

Oggi il cielo non è azzurro, è celeste.
La neve sulle montagne lontane non è bianca, è rosa.
È mezzogiorno, ma sembra l'alba, ma è più chiaro.
Come fosse al tramonto, ma è più terso.
Se quel che vedo fosse un disegno,
direi che è infantile. Sembra finto.
Ma è vero, come se avessi ora cinque anni.
Anzi, come se avessi ora cinque milione di anni.
Perché oggi vedo la luce più bella.
Non so come, ma lo sguardo dilegua la realtà del sole.
Per oggi, il sole davvero non esiste.
Così, come disse un grande poeta, m'illumino d'immenso.

Ci sono luoghi che all'improvviso
giungono dove ti trovi.
O ti portano, là dove si trovano.
È una potenza che è più di un ricordo.
È altro. Né qui né là. Ma qui e là.
Come un dormiveglia.
Né dormiente, né sveglio.
Sia uno che l'altro.
In spazi nascosti,
luoghi sospesi e incantati
hanno memoria di te.

Anche se ancora mi trovo qui,
non sono più di questo mondo.
Un giorno, nell'eterno passato, mi sono alzato.
Non posso durare ancora a lungo in questa posizione.
Quel che mi chiama è un silenzio melodioso.
Davanti a me, cielo aperto, senza terra.
Dovrò andarci, altrimenti muoio.

Voci mi chiamano sotto il loro tetto.
Voci mi invitano a uscire.
Voci mi mandano via.
Voci mi dicono ciò che devo fare.
Voci mi dicono quel che devo essere.
Voci mi dicono che il tempo passa.
Voci mi dicono stai attento!
Una voce mi sussurra.
Ma io so. Un regime nel sistema respinto.
Un giorno sarò quel che sono.
L'unico incontro a cui non posso mancare.

L'orizzonte è l'ultima cosa che vedo.
Mi dicono: non guardare quel che non si vede.
Non sentire quel che non si sente.
Non credere a ciò che non esiste.
Ma l'esistenza non è tutta la vita.
Vivere non è solo esistere.
Oltre la collina, oltre la linea tra mare e cielo, c'è dell'altro.
Devo fidarmi.

Ho quel che ho, e piango per quel che non ho.
Sono quel che sono, e piango per quel che non sono.
Sono stato quel che sono stato, e piango per quel che non fui.
Sarò quel che sarò, e piango per quel che non potrò essere.
Eppure, so essere, so avere, so stare, so andare.
Si fa quel che fa perché non si sta né in cielo né in terra.
Quanto girovagare.
È giunta l'ora di lasciar perdere.

Guardo ogni cosa come per salutare.
Un addio. Nostalgico, nei miei occhi.
Ho un talento nel trovare posti belli
e nel trovar belli posti brutti.
È un talento che porta lontano.
Un balcone con panni stesi –
panni di gente semplice - mi porta lontano.
Un albero che guardo mi porta lontano.
Uno scorcio, un angolo, una veduta,
un brusio, mi portano lontano.
Non so se sono loro ad andare, oppure io.
Ma bisogna che ci salutiamo.
La tristezza, sollevata da ogni peso.
Quello di andare, quello di restare, quello dei sospiri,
quello di ciò che è stato e di quel che sarà.
Quello di ogni cosa.
Ad ogni incontro, varco la soglia.

Più il passato mi è noto,
più mi è ignoto il futuro.
Ho soffiato in un palloncino
tutta l'aria dei miei polmoni.
Ora, è pieno. Quasi.
L'osservo.
Più so quel che so,
più il noto mi è ignoto.
Avere le idee chiare,
una lucida visione.
Riuscire così a non immaginare.

Visto, come ho visto,
che il mio pensiero
è l'unica cosa che esiste
nel vuoto senza fine.
Visto, come ho visto,
che la mente crea gli infiniti pensieri
e gli infiniti universi.
Visto, come ho visto,
che uno più uno fa tre.
Visto ciò che ho visto,
non mi resta che rinsavire.

Dopo i tanti, i più disparati e lunghi
e misteriosi silenzi
che mi si sono parati davanti,
oggi sono rimasta senza parole,
davanti al negoziante,
che mi chiedeva: cosa vuole?
Così, parole consuete non sono sgorgate,
dando senso ai silenzi.
E per farmi capire.

È da piccoli che si viene feriti.
Perlopiù a morte.
Ma è solo molti anni
dopo che si sente bruciare.
E, allora, le cure non bastano.

Corpi diseredati, dalla propria patria, da quella altrui.
Dispersi nelle acque accoglienti del mare.
Giungono a noi, sulle nostre tavole linde,
in deliziosi filetti di pesce. Così buono.
Se non guardo, non vedo.
Se non ascolto, non sento.
Ingiusto, se non so.
Cannibale, anche se so.
Sempre.
Difficile sopra tutto, rinunciare.

Forse una volta,
quand'ero bambino, ho corso.
Ho giocato, una volta.
Forse, quand'ero bambino.
Dev'essere così.
Dev'essere per forza così.

Vorresti essere là. Lo so.
E se tu fossi là,
dove c'è quel di cui senti la mancanza,
sarebbe come se tu ci fossi già stato.
Dopo un passeggero attimo di appagamento,
volgeresti il tuo sguardo verso quel luogo
in cui vorresti essere.
Che sia altrove.
Vi sono luoghi lontani.
E luoghi e distanze
che sono la medesima cosa.

Una folata di vento si è portato via il velo di garza,
quello che copriva i dolciumi.
Il vento è passato. Le mosche fanno festa.
Una donna accorre, con un nuovo velo tra le mani.
Quello per coprire i dolciumi-
Con cura, rincalza lo strato leggero, lo assicura.
Ma oggi, il tempo scorre come fosse un folletto e forgia un
giorno bizzarro.
Un gatto salta sulla tavola imbandita, e ci sguazza.
Il tempo è passato e il gatto fa festa.
Le donne accorrono.
Oggi è giorno di festa.
Gli uomini si attardano nel mostrarsi l'un l'altro i pesci
pescati.
E un profumo di biscotti appena sformati.
Coi gomiti appoggiati, sulla terrazza le donne guardano lo
scorrere delle nuvole e le foglie danzare e l'orizzonte
svanire.
Oggi è giorno di festa.

Rari sono i momenti in cui tutto è come sembra.
Per lo più, con uno sguardo affilato,
si scortica la bellezza e la bruttezza.
E poi si illumina e oscura e mescola e ribalta.
E si ricompone,
nella sua segreta naturale bellezza.
Regina della bruttezza.

Una volta cadute, le pigne sciolgono la loro forma.
Si lasciano andare, sino a divenire un tappeto di pezzi
sparsi.
Come fossero resti di una matita a cui si è fatta la punta.
Solo calpestandoli, sento il suono che è il loro.
Sembra quello del mais, quando si fa popcorn.
Così è. Così è di più.
E mai più, scoppiettii di popcorn
o trucioli di matita temperata
saranno solo ciò che sembrano essere.
Per me, saranno anche pigne cadute.
Che hanno abbandonato le loro forme.
Per suonare la loro musica.

Guardo le montagne. A nord, a ovest, a est.
Vedo le colline, fino a quelle prima del fiume.
Tanta vastità, porta a trovarti sulla cima dell'Everest.
Tutto è bello. Sento ogni cosa, nel silenzio più profondo.
Ma solo un po' più giù, nulla è facile.
Fino all'ultima goccia, la bottiglia non è vuota.

Come fossi nel deserto, ciò che vedo si scioglie.
Sembra acqua. L'acqua di un miraggio.
Come un cittadino, che cerca e ricerca un cenno di natura,
siedo davanti al paesaggio.
Ma distante.
Non vi è nulla di naturale da scoprire.
Non come quando lo si scopre
 tra i tetti delle case ammassate,
o nelle crepe dell'asfalto,
nello scorcio di luce sul muro di cemento,
nel ritmo nascosto del traffico sulle strade,
nel profumo che esce da un negozio di profumi.
Non vi è nulla da scorgere.
È tutto lì, davanti ai miei occhi.
Ma mi sfugge alla vista, come un miraggio.

Gli idilli vissuti sulla spiaggia,
illuminati da caldi raggi del sole.
Giungono fino a me.
Come una pena che val la pena di penare,
si frangono nel viaggio. Sino a qui.
Sotto la lunga lama lucente della luna,
lasciano sparsi milioni di brillantini.
Sull'acqua, quasi ferma.
Questo è quel che vedo,
quando ascolto da lontano.

In un attimo è giorno.
In un attimo è notte.
La speranza è vivida,
all'alba e al tramonto.
Ma sono pochi quelli
che ne godono lo spettacolo.
Così pochi.
Non bastano.

Raffiche di vento e pioggia torrenziale.
Vanamente, il cielo rovescia sul mondo
tutto il pianto del dolore del mondo.
Come fossero ali piumate. Leggere.
Che ne sarà di noi?
Che ne sarà.

Nel passato, quello remoto dell'età giovane,
mai mi sono sentito giovane.
Mi sentivo cielo e terra.
Prati verdi e dirupi.
Strade di città e luce di lampione.
Siringhe sporche di sangue infetto
e freddo ghiacciato sui gradini.
Discese innevate e fondali marini.
Cortei contro e ritmi di tamburo.
Sguardo affilato d'odio e livore
e baci lunghi accanto ai portoni.
Melodia di clarinetto e birra fredda in estate.
Fisarmonica che suona e focaccia per strada.
Budella contorte e facce attonite.
Facce di pietra e freddo e caldo.
Poi, il passato prossimo dell'età adulta.
Lì, mi sono sentito vecchio.
Ma non della vecchiaia dei giusti.
Più come un pozzo senz'acqua.
Come un crogiolo senza cibo da offrire.
Come un cappotto sdrucito.
Nel tardo pomeriggio di oggi, il tempo è passato.
Se qualcuno me lo chiedesse, gli direi come mi sento.
Mi sento come una bottiglia di vino frizzante,
pronta per essere stappata nel giorno di festa.
In cui non giunge il festeggiato.

Senza disperazione, né passione, né gioia,
né tristezza, né nostalgia, né tumulti.
Lascio defluire le energie sedotte da questo mondo.
Irrevocabilmente, completamente.
Nell'ora dopo lo sfavillio,
la bellezza della vita si offre a occhi ignari.
La vita, nel portarti via pezzo dopo pezzo,
ti ridona te stesso.

Non posso vivere tutte le vite possibili.
Ma posso guardare quelle altrui,
come un lettore di storie.
E viverle, ancor di più.
Vi è uno spazio in cui la vita è possibile.
È la somma della sottrazione.
Il centro tra ciò che non voglio
e quel che non mi è dato che mi sia dato.
Inclemente è il destino di colui che espia
la condanna per un delitto che non ha commesso.
Non sarà mai redento.
Solo il colpevole potrà esserlo.

Sebbene non ancora,
mai avrei immaginato.
E poi, mai avrei osato sperare
che non importa che mi si ami.
Sebbene non ancora,
la meraviglia è che si amino l'un l'altro.
Crepa nel deserto.
Nell'anfratto di frescura, la mia dimora.
Lontana da essa, vago nella vaghezza,
come un assolo nell'assoluto.

In questi giorni di pioggia quasi dimenticata,
di ritardo che precede la svolta,
di assoluto che sbaraglia il relativo,
congiungo le mani.
Un gesto antico mi porta pace,
come un viaggio a un animo inquieto.

Sotto questo cielo triste e sfinito,
appese al filo dell'orizzonte,
le mille maschere del mio essere uomo.
Verità labili, ormai non resistono.
Simile a un gabbiano spennato,
mi guardo attorno. Smarrito.
Sento freddo.
Sole! Sole! Anime morte, le sento invocare.
Anime morte, sole, sopportano la vita solo sotto la luce.
Che taglia.
Il cielo continua a piangere la nostra amarezza,
e noi non lo prendiamo a cuore.

La mia vita non è passata inosservata.
Come vorrei che le mie parole svanissero
e il mio sguardo non si posasse.
Che lo spazio e il tempo in cui sono
fossero nero nel nero, o bianco nel bianco.
Come vorrei che il mio agire fosse spontaneo,
cosicché si ringrazino l'un l'altro.
Come vorrei che la delicatezza nell'esistere
non lasciasse orme, né destasse sentori.
Ancora uno sbaglio, poeticamente parlando.
Ma è solo l'errore del sistema solare.
Dopo aver odiato tutto l'odio,
vorrei amare tutto l'amore.
Solo dopo, potrò intravedere la fine.

L'anima spaccata ha reso persa ogni cosa.
Ero il ritmo del suo palpito.
Ho accelerato, nell'improvviso tumulto.
Sono andato perduto.
Un'eco lontana mi ricorda cos'ero.
Il figlio di un cielo immenso,
che si è frantumato per generosità.
Anche se so, ho dimenticato.
Nulla nella notte lascia presagire la luce. Eppure…
Lacrime del tempo passato fanno brillare frammenti di gioia.
Proprio sul mio viso.

Una volta srotolata la matassa,
non resta che raggomitolare.
Un golfino, un gomitolo dimenticato,
una sciarpa, un lembo di coperta.
Questo è il filo.
Com'è pensabile pensare di essere oceano?

Mi arrabbio per nulla, lo so.
Mi muovo per nulla, mi domando per nulla.
Così mi preoccupo.
Mi arrabatto per nulla, lo so.
Non vi sono storie brutte che finiscono bene,
neppure di belle che finiscono male.
Solo gli eventi si confondono, si scambiano
e mentono e irridono e irretiscono.
Ma la storia, quella è.
Lo so come andrà a finire, solo non ho la forza.

Non sono ricca né povera.
Sono stata sia una che l'altra.
Non sono bella né brutta.
Lo sono stata.
E sono stata famosa e sconosciuta.
Ora, né una né l'altra.
Sia buona che cattiva.
Vi è in me un chiaro ricordo.
Più nulla mi è dovuto.
Neanche devo dare.
Eppure, mi manca.

Sognare un mondo diverso, l'unica via.
Ho fatto vedere chi sono,
ma non mi son fatto ben vedere.
Devo sognare un mondo diverso,
per stare in questo mondo.
Tu, enigma della vita, intrecci fitto.
Lasci rari spazi, che fanno trapelare il senso.
Solo il vuoto lo potrà trovare.

Più conosco me stesso,
più l'anima mia si traduce in un far nulla.
Che occupa tutto.
Sebbene non faccia nulla,
non trovo il tempo per alzarmi da qui.
In questo mondo spezzato,
solo voltando le spalle al sole si può vedere la propria
ombra.
In questo mondo senza dio,
solo sapere donerà la fede.
E solo la fede potrà stendervi sopra un velo pietoso.

Vorrei essere un vestito leggero color delle colline,
dai piccoli fiori bianchi e foglioline verde chiaro.
Un vestito, di cui nessuno si ricordò.
Sino a oggi, quando viene fatto scivolare sulla pelle delicata,
a vestire quella fanciulla.
Che oggi lo ritrovò.
Perché è primavera.

In questa morte posso trovar vita.
I riflessi non possono più nulla.
Solo la luce che non vedo mi porta.
Miracolosamente illeso, lo vedo.
Dev'essere Dio.
Quella cosa lì, davanti a noi.
Ma è stanco.
Con un fil di voce, mi dice:
dopo aver a lungo vissuto,
ora vorrei vedere le cose accadere.

Socchiudo gli occhi.
La luce smorta, filtra tra la nebbia.
È troppa.
Respiro un lungo respiro.
L'aria spessa mi si ferma in gola.
Dischiudo le labbra.
Gocce minuscole d'acqua lasciano la nebbia, per me.
Sciogliendo il nodo in gola, mi scivolano dentro.
Trovano il cuore e me lo porgono.
Occhi chiusi e bocca aperta, in un attimo d'incanto.
La mia mano si leva e si muove piano,
in un cenno di saluto.
Ti saluto così, buon Dio.
Senza rancore.

www.ingramcontent.com/pod-product-compliance
Lightning Source LLC
Chambersburg PA
CBHW072012170626
46813CB00005B/2127